寻找施米克

[英] 苏妮缇·南西 著

沈昀潞 译

浙江人民出版社

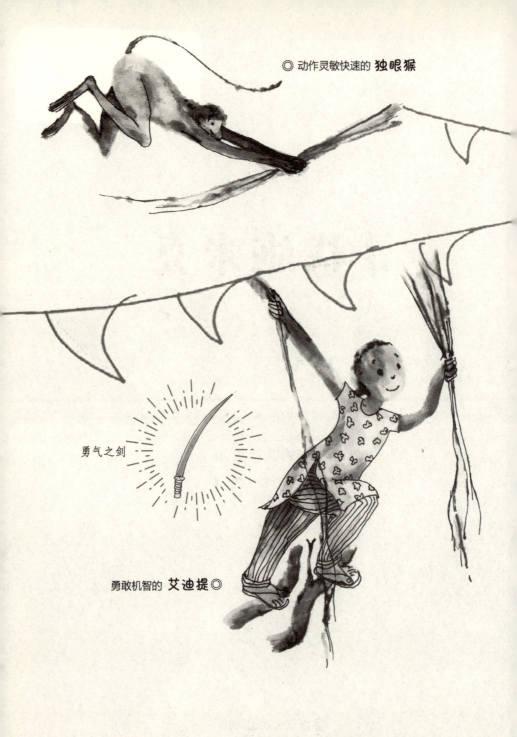

◎ 动作灵敏快速的 **独眼猴**

勇气之剑

勇敢机智的 **艾迪提**◎

艾迪提战队

隐形斗篷

性情温和甜美的 大象
◎

神奇黏土

◎ 统筹全局的 蚂蚁

艾迪提： 晒伤王国国王和王后的孙女，一位勇敢的小
Aditi 姑娘，不喜欢使用武力，但在必要时也会拔
出勇气之剑进行战斗。

大象： 名叫"爱丽"或"美丽"，高大
Ele 魁梧，热心友善，努力想让自己
变得和蚂蚁一样聪明。

蚂蚁： 名叫"序号"，喜欢研究地图和搜集长词，
Siril 有时会嫌弃自己长得过于弱小。

独眼猴： 即猴子小姐，最年长的一位，
Monkeyji 动作敏捷，智慧过人，遇事能
理性思考。

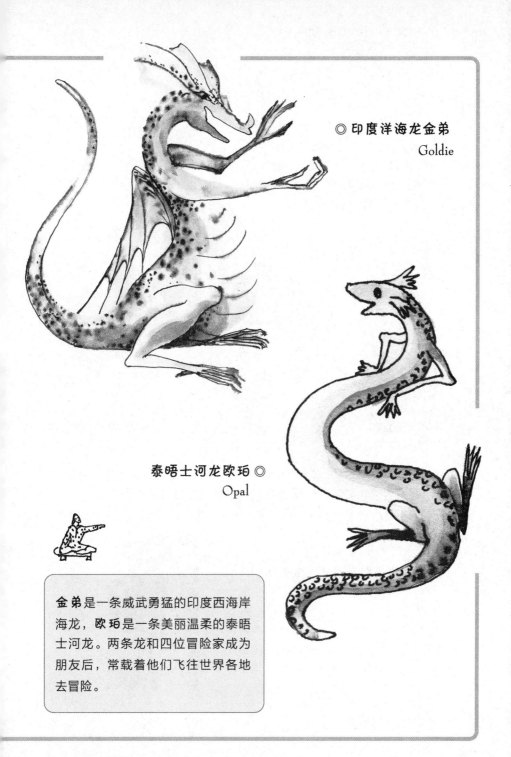

◎ 印度洋海龙金弟
Goldie

泰晤士河龙欧珀 ◎
Opal

金弟是一条威武勇猛的印度西海岸海龙，欧珀是一条美丽温柔的泰晤士河龙。两条龙和四位冒险家成为朋友后，常载着他们飞往世界各地去冒险。

艾迪提祖父母：晒伤王国的国王和王后，他们赠送给艾迪提和她的朋友们三件礼物——勇气之剑、隐形斗篷和神奇黏土，帮助他们抵御危险，保护自己。

岛圣女
Island Sage

海圣女
Marine Sage

科技圣女
Techno Sage

三位圣女：无所不知、富有智慧的三姐妹，老大海圣女居住在澳洲东海岸大堡礁附近的海里；老二岛圣女居住在印度西海岸的一个小岛上，由三只母狮和六只小狮子守护着；老三科技圣女居住在加拿大的一个湖泊小岛上。

莉布丝公主和施米克：根据捷克神话，莉布丝公主是捷克人的祖先，生来就有预知能力，她带领人民修建了布拉格城。施米克是一匹栖居在高堡的一块石头边、拥有超高智慧的白马，如果有人需要他的帮助，他就会出现。

译序　用爱和勇气征服世界

想象是灵魂的眼睛，异想天开给生活带来不平凡的色彩。"人类所有的才能之中，与神最接近的就是想象力"（帕斯卡），而想象力最丰富的就是孩子，他们渴望有玩伴，渴望探索未知世界，渴望现实生活中缺乏的冒险。他们"初生犊儿不畏虎，要动、要闯、要干，所以奇遇记、历险记、漫游记这类作品普遍受到小读者的热爱"（陈伯吹）。这类作品通过奇幻的场景、曲折的情节、风趣的语言，超越现实的束缚，以真善美战胜假恶丑，与孩子纯洁、美好的心灵产生共鸣，让孩子常常不知不觉地与书中主人公同呼吸、共命运。

"艾迪提心灵成长历险记"系列图书，讲述的就是用爱和勇气征服世界的童话故事。故事从驯服一条因为寂寞而以捣蛋为乐的海龙开始，主角有想测量地球的蚂蚁、想学会生气的大象、想游览世界的独眼猴和晒伤王国的小公主艾迪提。这四名好伙伴怀抱探索世界的好奇以及互相帮助的热忱，带着隐形斗篷、勇气之剑和神奇黏土，结伴进行了一连串惊险而奇异，遍及欧、美、澳、亚的冒险历程。途中，冒险家们有意见相左、争论不休的时候，有各怀秘密、充满烦恼的痛苦，有百思不解、希望渺茫的困境，但是他们以温情和体贴映照纯真的友谊，以尊重和理解阅读不同的文化，以坚持和智慧铺设前行的道路，以正义和光明化解对手的邪恶，以友爱和勇气战胜心灵的恐惧。

这些冒险故事语言简洁幽默、情节奇幻有趣、导向健康向上，有令人惊异的不寻常转折，正好从人生不同角度诠释儿童人格发展的重要元素，能给小读者以不同的阅读视野。我们相信，阅读它们对孩子来说，将是一个感情升华的过程：友爱、尊重、勇敢、坚强、高尚、理解的种子将在他们心中发芽，明天他们会成长为能够战胜一切艰难险阻的巨人！

爱读书的孩子永远更从容，更快乐，有更多的微笑，因为他多拥有了一个世界。

译者谨识

2019 年 5 月

目录 mulu

前 情 回 顾

序号（蚂蚁）发现自己躺在火柴盒里，漂浮在一条河上。他在哪里呢，怎么来的呢？他一无所知。在他身边的是百变小精灵——别人认为她是什么，她就会变成什么。不知为什么，美丽（大象）就是不喜欢小精灵。后来美丽被住在鞋子里的老婆婆抓走了，小精灵挺身而出，机智勇敢地救出了美丽。

百变小精灵会随着别人看法的不同而改变自己的形象，但她厌倦了这种飘忽不定的生活。在与四个小伙伴和两条巨龙相依相伴的过程中，孤独的小精灵收获了友情，并找到了真正的自我。

第一章

莉布丝公主是谁

大象疑惑地盯着独眼猴。

"拜托，独眼猴，"大象用恳求的语气说道，"发生什么事了呀？如果你能告诉我们的话，大家都会尽力帮你的。"但是独眼猴一声不吭，只是一个人蹲在大厅里——这栋房子是他们到布拉格后捷克人给他们安排的。大象难以理解，这是怎么了？

不久之前，有一个黑光剧*团找到他

> **小贴士**
>
> 　　黑光剧　是捷克戏剧活动中最特殊、知名度也最高的一种。演员在剧中不发一语，配合诙谐的表情、夸张的肢体动作加上奇特的服饰、音乐及灯光，营造出奇幻的效果，给人以巨大的想象空间。

小贴士

> 伏尔塔瓦河 捷克共和国最长的河流。全长435千米，流域面积 28,093 平方千米。

们，想要将他们之前的冒险经历改编成一部黑光剧，因此，大家就以正式访问的名义来到了布拉格。大象之前不知道什么是黑光剧，但博览群书的蚂蚁告诉她，黑光剧就像用光作画，黑黑的舞台上面只有一些涂了荧光的东西在移动，构成绚丽的画面。

这里的人对他们都很好，大伙儿被安排住在伏尔塔瓦河*边。伏尔塔瓦河河水清澈，景色优美。这栋在河边的房子对大象、独眼猴、蚂蚁和艾迪提来说足够大了，要是欧珀、金弟将自己变小的话，也能一起住下。大家和剧团合作得非常愉快，顺利完成了工作。所以，他们现在有空余时间了，准备找个地方去逛逛，放松一下。

独眼猴之前就特别想去一个叫作高堡*的地方。她

小贴士

> 高堡 捷克首都布拉格南面的一座城堡，建于10世纪，坐落于伏尔塔瓦河边的山丘上。

曾经说，自己对施米克*的故事，以及其他的捷克神话非常感兴趣。但眼前的独眼猴是怎么了呢？大象百思不得其解。她回想了一下，早餐后，独眼猴像

往常一样出门，随后就坐在河岸边冥想。可是，现在她的身子在微微颤抖，一定是发生了什么糟糕的事情。

大象吹响了自己的象鼻，将大伙儿召集到了一起。艾迪提率先跑了过来，蚂蚁则坐在她的肩上。

"怎么了，怎么了？"艾迪提问。话音刚落，她就看到了在地上缩成一团的独眼猴。艾迪提跑过去抱住她，用最温柔的语气宠溺地问："亲爱的独眼猴，你怎么了？"

蚂蚁也对她说："独眼猴，请你告诉我们发生了什么好吗？"

她们一起问了好几遍，但独眼猴还是不肯说一

个字。

随后，欧珀和金弟进来了，他们已经将自己缩小了。还有一只雪白的麻雀跟在他们身后，他飞进屋之后就在他们的头上盘旋。

所有人都围在独眼猴身边，想要搞清楚为什么她不肯说话。白麻雀鼓翅而下，停在了独眼猴身边，说："我是被派来告诉你们到底发生了什么的，这只猴子闯祸了，她冒犯了别人。"

艾迪提打断她说："可是独眼猴是我见过的全世界最亲切、最讲礼貌的人了，她不可能会去冒犯别人的。"

"信不信由你，她确实闯祸了，因此她现在正受着惩罚呢。"麻雀反驳道，"还有，如果你再打断我的话，我就不说话了，什么都不告诉你们了。"

艾迪提咕哝着说了声抱歉，尽管心里有些讨厌他说话的语气。

于是麻雀继续讲道："事情是这样的，当这只无

足轻重又不起眼的独眼
猴在河岸边冥想的时
候，莉布丝公主*殿下
最小的孙女出现在了她
面前。她本想和独眼猴
聊聊天的，但猴子却很
不识趣地回答她，要等

自己冥想完了才有心情聊天——猴子本该迅速起身
并且谦卑地向公主的小孙女鞠躬的。"

　　艾迪提在心里吼着"这太过分了！"，但她表面
上没作声。

　　麻雀顿了顿，高傲地环视了一圈并说道："因此
我们伟大的莉布丝公主的高贵的孙女向她施了道咒
语作为惩罚，只有施米克才能告诉你们怎么解除这
条咒语。"

　　"拜托了，麻雀先生，"大象浑身不自在，但还
是诚恳地请求道，"您能否告诉我们这咒语是什么
呢？谁又是施米克呢？"大象虽然曾听独眼猴提起过

施米克，但她又不确定施米克到底是谁。

没想到麻雀先生却挺起了胸，并步跳了一下就飞到了空中，说："我今天说的话已经够多了。我很忙的。如果你们仍需帮助的话，明天我还会再来的。"说罢便飞出了门外。

这只鸟居然话只说一半，欧珀伸长了脖子跟在他后面喊："这咒语到底是什么？"

"这咒语会让她做自己最讨厌做的事情！"麻雀先生回过头，对他喊了一句。

大家悻悻地看着麻雀飞走了，于是就回到了大厅里。艾迪提、蚂蚁、大象和两条龙围聚在独眼猴身边。独眼猴仍然缩成一团蹲在地上，看上去十分痛苦。

"好吧，我们必须得弄清楚独眼猴到底被施了什么咒语。"艾迪提下定决心说。她扭头看着两条龙："我会和蚂蚁、大象一起去弄清楚的，在此期间，能拜托你们俩去找找谁是施米克吗？"

两条龙立马答应了。等他们离开后，剩下的三位冒险家焦急地看着独眼猴。

"也许这道咒语让她不能说话了，可能这也是为什么她到现在一个字都没说过。"大象猜测。

"独眼猴不讨厌安静，"蚂蚁摇摇头，"她一直挺安静的。可是，那只麻雀说的是，咒语迫使她做了她最讨厌做的事情。"

三个人看着独眼猴，他们觉得至少得想办法弄清楚咒语是什么，等咒语真的生效时还能照顾照顾她。

"独眼猴，"大象轻声问道，"你想吃点什么吗？"

独眼猴抬起头说："不想。"

"看！她能说话！"蚂蚁开心地叫道。

"那'不说话'就不是咒语了。"大象一边嘴上嘟囔着，一边还是给独眼猴递上一根香蕉，心里想着：万一她改主意了呢。

没想到独眼猴一把接过香蕉，开始吃了起来。

艾迪提皱了皱眉头。"为什么独眼猴嘴上说着不想吃，但又开始吃香蕉了？"她疑惑道，"这一点都

不像独眼猴啊，也许我们可以通过问问题来了解点什么。"

"你能告诉我们你被施了什么咒吗？"蚂蚁问道。

"可以。"独眼猴回答。

于是他们几个等着她回答，但她又什么都没继续说。

"你知道咒语是什么吗？"艾迪提问。

"不知道。"独眼猴回答道。

"你既然不知道咒语是什么，那为什么刚刚却说你能告诉我们咒语到底是什么呢？"大象提高了分贝。

这下独眼猴不说话了，只是哀求似的看着大象，眼神中透露着一丝无助，大象看得都想哭了。

"她看上去就像要告诉我们什么，但咒语又不让她说。"大象对其他人悄声说道。

"就是这个！这可是条线索！"蚂蚁激动地说道，"拜托了独眼猴，你能告诉我们这是不是就是咒语呢？"

"不能。"独眼猴的回答很干脆。

"等一下！"艾迪提说，"我觉得，咒语很明显就是'不让她好好说话'。另一条线索是咒语会让她做她最讨厌做的事情。让我们好好想想，独眼猴说话的时候最讨厌说什么？"

"好吧，我不知道。"大象咕哝着，"她可能讨厌夸大其词。"

"我知道了！"蚂蚁突然兴奋地叫道，"她讨厌说谎！这就是咒语在迫使她做的事情！每次她开口说话都必须说谎话！"

"真的吗？"大象扭头问独眼猴。

三个人等着听独眼猴的答案，她的回答却是"不是"。

他们三个又叹了口气，忽然艾迪提说道："如果蚂蚁说的是对的，那回答确实应该是'不是'。让我们好好看一下到底是不是这样吧。"

于是他们围坐下来，开始想下一步该怎么做。

第二章

咒语

独眼猴的眼睛明亮了起来。她直勾勾地看着伙伴们，迫不及待地想让他们开始问问题。

"那我们该怎么做呢？"大象问道。

"有些问题她肯定知道正确答案，我们就问这些问题。如果她回答错了，那就说明蚂蚁说的是对的。"艾迪提对大象说。

"好的，我懂了，"大象说，"那么，独眼猴，我叫什么名字？"

独眼猴盯着她的眼睛，一字一句地说："你的名字是——没有名字。"

大象暴跳如雷。"你怎么能说这话呢？你明明知道我叫美丽的!"

"这很明显嘛!"蚂蚁叫道,"因为这道魔咒迫使她说谎啊!"

大象觉得非常疑惑,她思考了一会儿继续说:"那我们试试其他的吧。我们第一次是在哪里见到河龙欧珀的?"

"在撒哈拉沙漠。"独眼猴立刻回答道。

"噢,这根本不是真的。"大象讷讷地说,"大家都知道欧珀是我们从泰晤士河里救出来的。蚂蚁,你之前说的应该是对的。"

"让我来问最后一个问题吧,"艾迪提说,"独眼猴,你是我们的朋友还是敌人?"

"敌人。"独眼猴毫不犹豫地说。

"耶!"艾迪提开心地叫出了声,"这明显是谎话。既然我们现在知道咒语是什么了,接下来我们就知道该如何交流了。"

"你的意思是,"大象说,"我们就跟平常一样和她说话,只不过听她回答的时候,我们需要反过来

理解，是吗？"

"没错，"蚂蚁回答道，"独眼猴，我们说的对吗？"

"不对。"独眼猴回答道。

"太棒了，"蚂蚁说，"不对就意味着对。"

"施米克跟我一样都是大象吗？"大象问独眼猴。

"是的。"独眼猴回答。

"嗯……那就说明施米克不是一只大象啦。"大象喃喃自语。

"我们总不能把所有动物都一一问过来吧？"艾

迪提说，"也许金弟和欧珀已经找到了呢。"

话音刚落，金弟和欧珀就从门外进来了。

"施米克是一匹白马，它智慧超群。"金弟对大家说，"我们向许多人打听过了，每个人都说施米克是一匹白马，会在一块石头后面睡觉，那块石头在一个叫作高堡的地方。如果有人需要帮助，去找他的话，他就会醒来。"

"没错！"大象说，"这个叫作高堡的地方就是之前独眼猴说她想去的地方！也许她知道施米克是谁，或者知道该怎么去高堡。"

"那我们问问她吧。"蚂蚁提议道，"独眼猴、独眼猴，施米克是一匹白马吗？"

"不是。"独眼猴立刻回答道。

"嗯，那就说明施米克确实是一匹白马。对了，忘记和你们说了，之前我们三个人已经搞清楚了这道咒语是什么。"蚂蚁向金弟和欧珀解释道，"由于这道咒语，独眼猴每次开口时都必须说假话。"

"既然我们已经知道施米克长什么样了，独眼

寻找施米克

xunzhao shimike

猴又知道高堡这个地方。那我觉得，我们也没必要等着麻雀再回来告诉我们那块石头在哪儿了。"欧珀说，"独眼猴，独眼猴，你知道该怎么去高堡吗？"

"我不知道。"独眼猴回答，但她话还没说完，已经抬起脚准备出门了。很明显，她已经等不及让两条龙载他们过去了。毕竟，如果他们全部都让龙载过去的话，还得先在龙背上拴上象轿，这会浪费许多时间。不仅如此，独眼猴还得向大家解释具体该怎么走，这对现在的她来说太困难了，况且，她已经等不及了。

"啊，那就说明她确实知道怎么走，"艾迪提开心地说，"我们直接跟着她走就好了。"

艾迪提、大象和蚂蚁一行人决定就跟着独眼猴走路过去，现在要让独眼猴解释清楚具体方位再飞过去很困难。金弟和欧珀则会先观察他们往哪个方向走，随后再跟上。艾迪提佩上勇气之剑、穿上隐形斗篷，并在背包里装满药膏，将背包绑在了大象的背上。蚂蚁则将装有神奇黏土的火柴盒放在了艾迪提的口袋里，然后爬到了她的肩膀上，跟着她一起行动。四位冒险家整理好了行囊，准备在蚂蚁的带领下开始新一次的冒险。

一行人沿着伏尔塔瓦河河岸大概走了一个小时后，独眼猴的速度明显慢了下来，走路还一拐一拐的。

"我亲爱的独眼猴，你累吗？你的脚是不是痛了？要不要坐到我背上来？"大象主动提议道。

"不要。"独眼猴说。

大象立刻就明白了。于是，她停了下来，跪下了前腿，好让独眼猴爬上她的背。然后，她让艾迪提也爬了上来。

"那你怎么知道该往哪里走呢？"看到大象背起了独眼猴，蚂蚁焦急地问大象。

"很简单，"大象不慌不忙地回答他，"我可以时不时停下来问问独眼猴，这条路走得对不对。如果她的回答是不对，那我就可以继续走了。"

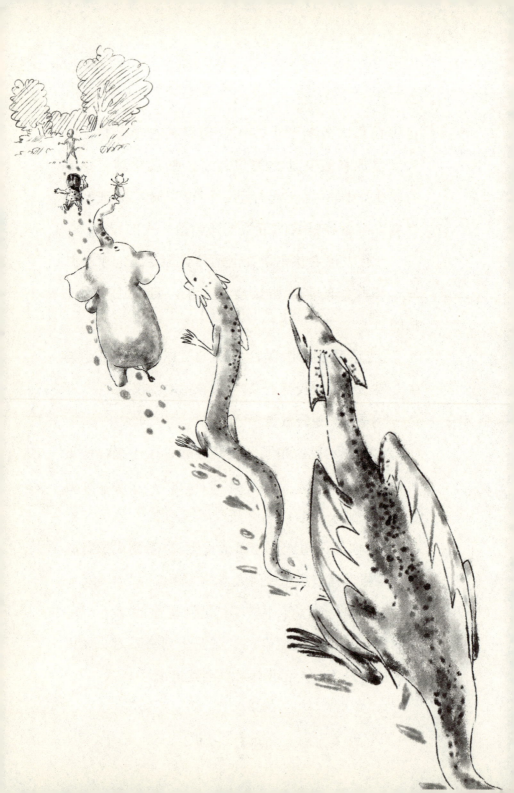

"那我们要是走到岔路口了呢？"艾迪提问道。

"那也很简单，"大象说，"我就问她应该走哪条路，如果她说'右边'，那我就往左边走；如果她说'左边'，那我就往右边走。"

于是，四位冒险家继续上路了。这一路并不难走，基本上就是沿着河流的方向，一直往上游走。大概中午的时候，他们在一棵树底下停了下来，拿出了之前准备的食物。欧珀和金弟也飞了过来，准备一起吃饭。时值秋季，树上的叶子都变成了金黄色，一阵风吹过，树上的叶子微微颤抖。如果换作以前，他们肯定会停下来欣赏这番美景，但此时此刻的冒险家们并无心欣赏。为了活跃气氛，他们都尽量像往常一样轻松地聊天，但是像常人一样聊天对独眼猴来说太困难了。由于咒语的关系，独眼猴要不只能保持沉默，要不就必须说假话，所以她无法参与到聊天中。

看着可怜的独眼猴，大象灵光一现。"独眼猴，独眼猴，你能不能给我们讲个故事？"她请求道。

独眼猴笑了，她明白大象心思。"从前，"于是，她摇头晃脑地开始了，"有一头讨人喜欢的灰色大象，她很喜欢吃花生……"

"我确实是一头灰色大象，但我不知道自己是不是讨人喜欢。我确实也喜欢吃花生。那这到底是真话还是假话呢？"大象一脸疑惑的样子。

但是独眼猴只是笑着，并没有回答。于是，大象一边思考这个问题，一边埋头吃着两条龙给她带来的满满一袋花生。

他们在一片安静中吃完了午饭。午餐结束后，大象看着独眼猴，问："我们距离那儿远吗？"

"非常非常远。"独眼猴抬头回答道。

这真是好消息，这就说明他们已经距离高堡不远啦！

就在下午晚些时候，他们抵达了城堡所在的山脚下。他们打算稍稍在山脚下的河边休息一会儿，好等一下欧珀和金弟。没过几分钟，他们就飞了过来。

第三章

老布鲁

冒险家们和两条龙来到了高堡入口处的砖头大门下。面前的一块块砖头砌成了高高的壁垒，还有他们头顶上的拱顶。就在他们要走进拱门的时候，麻雀突然出现了。

"啊哈！"他叫了一声，"看来你们已经顺利找到高堡了。不过，还是给你们一份这里的地图吧，别忘了，这是莉布丝公主之前让我施舍给你们的。"说完他就将一张卷起来的纸扔到了大象的脚边。

他的所作所为让大象很生气，于是大象对着麻雀吼道："原来你之前就有这张地图？本来早就可以给我们了的！"

麻雀耸了耸肩，满不在意地说："我可是有很多事情要想，有很多差事要办，还有很多重要的场合要出席的。话说回来，你们想知道这只无足轻重又不起眼的猴儿被下了什么咒语吗？我可以告诉你们，这道咒语是这样的：

既然你不和我说话，

从此以后你说的话，

都会成为最假的话。

即使是救星施米克，

在布鲁的看管之下，

也不会轻易被唤醒。"

"不过，你们明白这咒语的意思吗？还是说，需要我解释给你们听？"麻雀继续用高高在上的口吻说道，眼里满是不屑地看着底下的人。

"我们当然知道这咒语是什么意思，我们早就研究出来了。"金弟用低沉的声音咆哮道，"还有，不许你这么称呼独眼猴！"

"好好好，"麻雀听上去十分不耐烦，"既然你们

都知道了，那我就不用告诉你们施米克或者布鲁的情况了。"

"等等，谁是布鲁？"艾迪提问道。

此时麻雀已经飞到空中了。"就是一条龙，"他回答道，"它看管并守护着施米克。没时间废话了，我必须要走了。"话音刚落，麻雀就飞走了。

"它怎么话又只说一半！真是只自大的麻雀！"欧珀的话里满是抱怨。

"随他去，我们就权当忘了他的存在。既然施米克会在一块岩石后面睡觉，那我们就开始找找吧！"

艾迪提安慰欧珀。

于是，几位冒险家环顾了一下四周。他们现在身处于一个巨大的公园中，有一条路径直通向上方，路的两边长着许多树。公园里零零散散地分布着一些岩石，但是没有哪块岩石上有标记写明背后睡着一匹雪白的马儿。

蚂蚁皱着眉头，似乎对麻雀刚刚扔给他们的地图感到非常困惑："如果我们自己去找的话，要花好久才能找到，这里的岩石虽然说不上多，但也不少。难道没有什么方法可以立刻找到吗？"

"麻雀刚刚说了，有条叫布鲁的龙看管并守护施米克。如果我们能找到那条叫布鲁的龙，"欧珀说，"也许他能带我们去施米克那里。"

他们又看了看周围，也没有找到任何有关布鲁的标记。

"我们这么多人在这儿，他肯定听到了风吹草动。他为什么不出来向我们发起挑战呢？"金弟疑惑地说。他想了一会儿，惊呼道："啊！我知道了！应

该要我主动去挑战他吧！也许这样他才会出现。"

于是，金弟深吸了一口气，用最响亮的声音吼道："我，金弟，南方最凶猛威风的龙，现在宣布要挑战布鲁！如果他敢于接受挑战的话，就快快现出原形！"

其他的冒险家们听了此番话，都惊讶地看着金弟。

"你不是认真的吧，金弟？"艾迪提张大了嘴。

金弟哈哈大笑："不，当然不是认真的。我只是觉得这样可以引他出来。"

过了几分钟，一条蓝色的小龙从灌木丛中蹿了出来，歪着头盯着他们。他的个子还没到大象的膝盖呢！金弟和欧珀站在他面前，简直就像摩天大楼一样高。

"是谁胆敢挑战布鲁的？"没想到，这条小龙用嚣张的语气说道，"让他到我面前来，看我不将他碎尸万段！"

大家都一齐看向了金弟，金弟现在觉得尴尬极

了，恨不得挖个地窖钻进去。他之前并没有想要和他打架或者伤害他的意思，只是为了引诱这条小龙出来。

欧珀见状，急忙为金弟开脱。"不好意思，布鲁先生，"她用最悦耳动听的声音对这条蓝色的龙说，"我们完全没有想要挑战您的意思。我们只是初来乍到，遇到了一些问题。所以，想要寻求施米克的帮助。"

布鲁平复了一下自己激动的心情，对欧珀抱怨道："既然你不想打架的话，就不应该向我发起挑战的。"

"非常抱歉，布鲁先生，我为我之前的所作所为道歉。"金弟赶紧道歉，"请问您能带我们到施米克那儿去吗？"

"噢，这绝不可能。"这条蓝色的龙轻哼了一声，"施米克已经几百岁了，他需要好好休息。我不能让人们总是来叫醒他，保护他不受外人打扰是我的职责。"

　　看来这条蓝色的龙不想让他们轻易见到施米克，大家安静了下来，都在想着该怎么办。大象很想像以前一样马上恳求他，但她知道这肯定没什么用，布鲁的语气听上去很坚定。艾迪提有些手足无措，完全不知道该说什么。蚂蚁也陷入了困惑中。欧珀和金弟在想该如何和老布鲁成为好朋友，但是感觉也很难。就在他们不知该如何是好的时候，独眼猴走上前去。

　　她直勾勾地看着布鲁的眼睛，声音洪亮且态度诚恳地对他说："布鲁，事实上我们不是来这儿请求帮助的。恰恰相反的是，我们是被派来帮助施米克的。他现在正身处于危险之中。"独眼猴随即夸张地捂住了自己的嘴，"哎呀，我真是太多嘴了！我不能再继续说了。"

　　其他冒险家都惊讶万分，呆呆地看着独眼猴。他们从没想到过，原来她这么会撒谎。老布鲁盯着独眼猴，也是一脸疑惑，施米克怎么就处于危险之中了呢？

　　"我怎么知道你说的是真话还是假话呢？"布鲁问道。随后，他伸出手指着金弟和欧珀说："他们俩刚刚可是说，你们来这儿是为了叫醒施米克，好寻求他帮助的。你们之中，到底谁在撒谎？"

　　"噢，当然是他们了。"独眼猴眼睛都没眨一下，脱口而出，"他们俩平时一直在撒谎，你难道看不出来吗？金弟之前还跟你说要和你比试一番，但当你现身之后，发现你看上去比他厉害得多，于是他就改口说根本没想过要向你挑战。这明显就是在撒谎！"

　　金弟和欧珀张大了嘴，惊讶地看着独眼猴。他们气得一时说不出话来，之前商量对策的时候，她明明也在场啊。正当他们要张口反驳的时候，又转念一想，也许独眼猴另有打算呢，于是就乖乖地闭上了嘴，等着看布鲁是什么反应。"好吧，虽然我不知道你们葫芦里卖的是什么药，"他最后开口说，"我仍旧不想叫醒施米克。但如果他真的身处于危险之中，我也不想让他一直睡下去。"

布鲁一脸谨慎地看着独眼猴，问道："你说的都是真的吗？"

"当然是真的了。"独眼猴回答他。

布鲁看上去似乎还是犹豫不决，不知该怎么办。"唉！"他说，"我真的不知道该怎么做了。要不你们先跟着我去我的小屋吧，在那边喝杯茶，给我点时间考虑一下。"

"那真是太好了。非常感谢，布鲁先生。"欧珀谦恭地说。

于是，布鲁转过身，向他的小屋走去，四位冒险家和两条龙紧紧地跟在他身后。

第四章

战斗

　　老布鲁领着他们穿过了茂密的树林，一直走到了树林的尽头。他们的眼前出现了一面陡崖，陡崖前长着一片高高的灌木丛，灌木丛前有一处空地。布鲁在空地上停了下来，回过头上下打量了一番大象，满脸疑虑。

　　"我的房子就在这片灌木丛里。你也许还能进得去，但我感觉这两位可能不行。"说这话的时候，他指向了欧珀和金弟。他们俩的体型太大了，布鲁的小屋可容纳不下。

　　"噢，没关系的。我们可以把自己缩小。"欧珀摆摆手，表示这完全不用担心。

老布鲁看了一眼欧珀，张口说："这是不是又是一个谎话？"

"没说谎！我不是骗子！"欧珀愤怒地顶了回去。

"那就是说，要么你是骗子，要么她是骗子。"布鲁向独眼猴抬了抬下巴。

艾迪提听不下去了，她打断道："好了好了，老布鲁，我们之中没有一个人喜欢骗人，我们确实有办法让欧珀和金弟变小。"

随即，她打开了之前让大象背在身上的包，拿出了"缩小药膏"，然后抹在了大象、欧珀和金弟的身上，让他们变成了和布鲁差不多的大小。

布鲁非常开心，说："这下不错，我们可以一决高下了。"

"什么？你说什么？"金弟大吃一惊，叫道，"我还以为你是邀请我们来喝茶的呢！"

"噢，如果我们俩比试完之后都还活着的话，可以一起喝杯茶。不过现在，我们必须比试一下。"布鲁说道。

"为什么一定要比?"金弟问。

"这是规矩啊,只要龙被下战书了,就一定要和对方一决高下的。你难道不知道吗?而且,现在我们俩的大小一样了,比赛也就公平了。来吧,准备好!"说罢,布鲁就向金弟摆好了架势,嘴里喷出了一些烟雾。

"我不会和你打的。"金弟说完,就站在那里,丝毫没有要挪动的意思。

布鲁被他的话惹恼了。"既然如此,那你之前为什么说想要和我一决高下?如果你不想打的话,就让你们中的一个替你打吧。"他说完转向欧珀,"我猜,就由你来代替吧。"

但是,欧珀摇了摇头,也拒绝了。

"好吧,那看来我们陷入瓶颈了。你们当中总归要有一个来和我打一架的。"布鲁对他们说,"规矩就是规矩,一定要遵守的。"

随后,他一屁股坐在了空地上,等着冒险家们派出一位去和他打架。而且,他看上去十分泰然自若，貌似就算等很久也没事，场面陷入了僵局。

艾迪提想了想，要不把勇气之剑拿出来，自己和他打？但左思右想后，决定还是算了。凭空和布鲁打一架多愚蠢呀！他们之前和布鲁一点恩怨都没有。独眼猴的大脑也在飞速运转，她在想要说怎样的谎话才能骗过布鲁。在这种情况下，除了说谎，其他办法似乎都没用。独眼猴安慰自己：说谎虽然是下策，但有时候说谎也是一种解决问题的手段。终于，她想到了一个冠冕堂皇的"理由"。

"拜托了，布鲁先生，"她开口对老布鲁说，"我们之前发过誓，在周二不能打架；今天是周二，所以我们不能和你比试。"

她原本还想说："另外，布鲁先生，我们没有和你有过任何争吵，并且也不想和你打架。"但是，这句是真话，她发现自己没办法把这句话说出口。

老布鲁听了她的话，只是耸了耸肩。"如果你们今天不能开打的话，那就等明天吧。明天是周三，我们就可以打了。"他依旧一动不动，坐在原地，等

着谁上去挑战他。

最后，蚂蚁忍不住了，他张口说："既然你坚持说，我们中一定要出一个人和你打，那么，就让我来挑战吧。"

"什么，你?!"布鲁低头瞅了眼蚂蚁，讥笑了一声，"为什么要和你打？你的样子我都看不太清，所以不能和你打的。也许，就在我们开打前，我就一不小心踩在你头上，把你踩死了呢!"

但是，其他人心里都明白，蚂蚁之前打败过巨人呢。

"体型不是问题，"艾迪提对布鲁说，"我可以给他抹一点'变大药膏'，这样他就能和你一样大了。"

于是，艾迪提从背包中拿出了那罐变大药膏，小心地挖出了一点点，抹在了蚂蚁身上。随即，他变得越来越大。当他变得和布鲁差不多大的时候，艾迪提就把药膏罐盖上，放了回去。

布鲁满眼赏识地看着蚂蚁："不错，蚂蚁先生，这样才像话。现在，我们可以痛痛快快打一场了。"

"如您所愿。"蚂蚁回答道。他摆好了架势，等在原地。

布鲁抖了抖脖子，右脚在地上摩擦了几下，一下子向蚂蚁冲了过去，同时嘴里喷出了烟雾和火焰。而蚂蚁只是冷静地站在原地，等到布鲁离自己足够近了之后，轻轻拎起了他，将他高高地抛到了天上。布鲁连爪子都没碰到蚂蚁，就无力地掉落在了树丛里。但他掉到地上后，掸了掸身上的灰，重整旗鼓，再一次向蚂蚁冲了过去。

接着，布鲁就像球拍一样，被蚂蚁在空中挥来挥去。艾迪提不想再让他们打下去了，这样布鲁先生可能会受伤的。于是，她大声地吼道："噢，布鲁先生！好了好了，布鲁先生，拜托了！放弃吧，别打了！"

独眼猴听到艾迪提说的话，明白了她的意图，于是也与她一起吼叫。当然，由于咒语的关系，她并没有办法确切地说出那几句话，毕竟那些都是真话，所以她只是对着空气吼叫，尽可能发出更多的

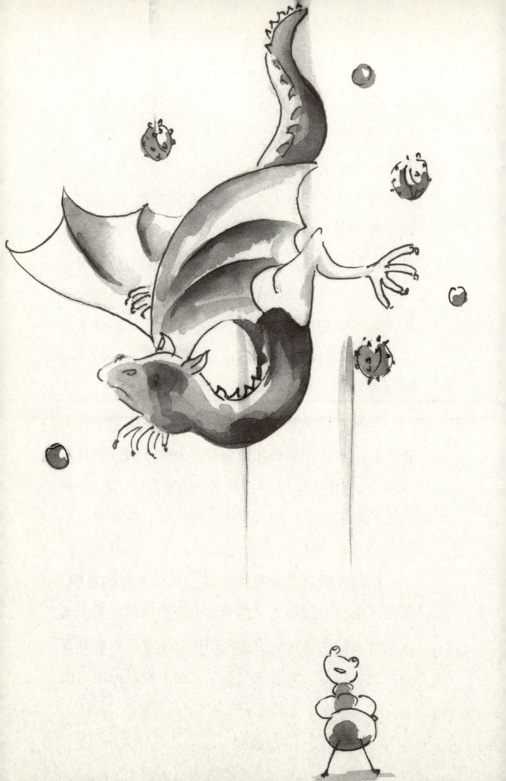

噪音。

一开始，欧珀和金弟并不明白为什么艾迪提和独眼猴都在叫，但是随即他们就想明白了，于是也加入了吼叫的队伍里。

"拜托了，蚂蚁！"金弟叫道。

"住手吧，布鲁！"欧珀用她最尖最响的声音叫道。

每次布鲁向蚂蚁冲去时，蚂蚁只是在原地一动不动，当布鲁离自己很近的时候，就随手把他拎起来扔到天上，或者扔进树丛里。每当布鲁哐当一声掉到地上时，就会有一些闪闪发亮的棕色栗子和橡果掉在他身边。

就这样，他们来来回回了六次。当布鲁第七次冲向蚂蚁的时候，他突然在蚂蚁面前停下了。他弯腰向蚂蚁行了个礼，然后用洪亮的声音说道："我想我们已经分出高下了。你认为呢，蚂蚁先生？"

"听你的。"蚂蚁回答道。

"是的，"布鲁说，"你是一个强壮的斗士，比我

有力多了。在此，作为陡崖守护人，我现在正式将我的使命移交给你，你的使命就是防止别人来打扰施米克。"

"不用了，谢谢你。"蚂蚁回答道，"你就继续当你的守护人吧，我还要和我的伙伴们继续冒险呢。既然我们已经一决高下，你也打得痛快了，那现在我们可以喝杯茶，休息休息，然后一起去见施米克吗？"

"当然了。"一个温和又深沉的声音从他们的背后传了出来。

他们扭头转向声音传来的方向，只见一块陡崖的崖壁打开了，有一头巨型生物正在穿过灌木丛，缓缓地向他们挪动。不一会儿，施米克就来到了空地上，出现在了他们面前。他外形俊美，身上的鬃毛就好似上等的丝绸，在空中飘动。他的毛发雪白靓丽，有时，光零零散散地照在上面，形成粼粼的光斑，就好像被朵朵云彩点缀着的天空似的。他的眼睛一只是棕色的，另一只则是蓝色的。他的目光柔和似水，冒险家们看了之后连心情都变好了起来。显然，他们的打闹声吵醒了施米克，但是他看上去一点也不生气。

"布鲁先生，"他缓慢且低沉地说道，"作为朋友，你确实待人友善。在我沉睡期间，你也帮我打点好了身边的琐事。但是我都和你说过多少次了，我不介意被人们打扰的。如果有人需要我的帮助，我会很乐意帮忙的。"

被训斥的布鲁看上去并没有感到恼火，倒是用脚在地上搓来搓去，嘟哝道："你说什么就是什么吧，但我是真的为你考虑，怕你太累。"

施米克笑了笑，说："以后可别这样了，这几位朋友之前还被迫和你比试了一番。"随后，施米克抬起头，依次谦恭地向四位冒险家和两条龙问好。他好像已经知道了他们的身份，以及他们的事迹。他对每个人都毕恭毕敬，对独眼猴尤为关切。

问候完毕后，他们围成了半圆形，坐在草地上。布鲁急急忙忙地跑到家里，为他们准备茶水，

这杯茶等得可够久了！其他人就静静地等着听施米克要对他们讲的话。

第五章

反制咒语

施米克神情严肃地对独眼猴说："我对你的处境非常同情，你居然受到了这么不公正的待遇。现在，让我来替你立刻消除那位调皮的小公主给你下的咒语吧。"

说罢，他转向了独眼猴，独眼猴紧张地闭上了眼睛。随即，施米克用自己的右前脚掌轻轻地触碰了一下独眼猴。施米克的法力似乎一下子就起效了。独眼猴睁开了眼睛，脸上重新绽放了笑容。"天哪！谢谢你！"她惊呼道，"太感谢你了！我可以随心所欲地讲话了！心里想什么就能说什么的感觉太轻松了，我再也不用为了张口说话，而总是费尽心

思想它的反话了。"

　　他们围着独眼猴，迫不及待地一个接一个拥抱并亲吻了她。"快告诉我，独眼猴，"大象似乎还不放心，焦急地问道，"我叫什么名字？"

　　"你的名字是美丽，也是我最好的朋友。"独眼猴说完，再给了她一个大大的拥抱。

　　很明显独眼猴身上的咒语解除了，大家都长长地叹了一口气，心里的一块石头终于落了地。与此

同时，布鲁先生回来了，他给每个人都倒了一杯茶。闻着茶香，大家就静静地坐在空地上，品尝着杯中的茶。

既然咒语已经解除了，几位冒险家也决定是时候离开了。正当他们准备起身时，施米克缓缓张口说："莉布丝公主的孙女那么淘气，你们不觉得她应该被下个反制咒语吗？"

大象马上就明白了他的意思。"当然了！"她叫道。她早就在想能不能收拾一下这个淘气的小公主了！

独眼猴倒是犹豫了一下。"她还小，"独眼猴咕哝道，"也许以后她会懂的。"

"要是我们不给她好好上一课，她是不会懂的。"艾迪提开口说道，"大家都说她是一位十分淘气的小公主，我们可以趁此机会教训一下她。"

"嗯，我也这么觉得。"蚂蚁附和道，"大家觉得怎么样？"一旁的欧珀和金弟看上去也并不反对这个主意。大家的反应让大象感到很吃惊。她以为按照

艾迪提和欧珀的性格，会鼓励大家忘记这件事情，就这么算了。而且，她还以为蚂蚁和金弟不会发表任何意见。她心里瞬间明白了，原来不只是她，大家都还记得独眼猴之前有多痛苦。

欧珀对施米克说："要是我们没能找到你，把你叫醒的话，独眼猴说不定一辈子就都将那么痛苦了。所以我们当然想要为独眼猴做些什么。"

"那么，幸好你们找到我了。"施米克认真地说，"现在，欧珀，你要按照我说的做。你待会儿爬到高堡的最高点，那是一处悬崖。在那里，你可以看见下面有条河，河的两边是山谷，而布拉格就在山谷的另一边。然后，你就站在悬崖边，用你最响最动听的声音呼唤莉布丝公主孙女的名字。当她出现后，你的任务就完成了。接下来，独眼猴就要对着她念出我说的这段咒语。"

于是，他俯下身，在独眼猴的耳边轻轻地说了一段话。独眼猴认真听完后，向他点了点头，示意自己已经记住了。

施米克继续说："记住，当你对她念出咒语的时候，一定要同时拍她的肩膀，不然咒语不会生效。你可以随便拍多少下。每一下，就等于一个月。她被拍了多少下，就意味着她身上的咒语会持续多少个月。"

"拍她个一万下！"大象气呼呼地说。但是，独眼猴摇了摇头，她不想这么狠心让这个淘气的小公主一辈子都受咒语的控制。

施米克笑着问他们："好了，你们还想要什么反制咒语吗？"

艾迪提犹豫了一下，怯怯地说道："唔……我觉得倒不一定是反制咒语。我的意思是，他其实什么忙都没帮我们……"她停顿了一下。

"什么意思？谁什么忙都没帮？"施米克轻声问道。

"那只麻雀。"艾迪提脱口而出。

"确实，这才是问题的关键。"蚂蚁插话道，"那只麻雀本来是莉布丝公主派来帮助我们的，他明明

知道您和布鲁先生的信息，而且手上也有这里的地图，但是他其实什么忙都没帮我们，什么都不告诉我们。他看上去一直很忙，所以每次只说几句话就飞走了。"

"我们能不能，"金弟也开口说道，"想办法让那只没用还自大的麻雀变得有用一些，还不那么自大呢？"

"让我想想，"施米克想了一会儿，"你们是不是最近在和黑光剧团合作？你们中谁有他们的颜料吗？"

艾迪提在她的口袋里面翻找了一会儿。"这儿，我有一管他们用的带荧光的粉色颜料。"她将它拿了出来。

"太好了，我有个好主意。艾迪提，你现在把勇气之剑拿出来，从我的尾巴上割下三根毛发。"施米克对她说。

说完，他转过身将尾巴对着艾迪提。等她割完后，施米克说："听好了，接下来你必须按照我说的

做。"

他同样俯下身，在艾迪提耳边说了一段话。艾迪提笑着点了点头。"我明白了，"她说，"如果麻雀想知道怎么解除咒语的话，我会告诉他方法的。"

就在他们商量对策的时候，布鲁将蚂蚁拉到了一边。

"抱歉打扰了，蚂蚁先生，但我之前一直没机会跟你说说话。我到现在还忘不了你刚才和我比试时的英姿，你可真是一个力大无穷的斗士啊。"他对蚂蚁说，"你能教教我，你是用什么方法把我轻易地扔到天上去的吗？"

"没用什么方法，布鲁先生。"蚂蚁回答道，"事实上，虽然我看上去小，但是力气其实很大。对于我这个体型的动物来说，我的力气绝对是算大的。所以，当我变大时，力气也会成倍增加。"

"原来是这样。那你还是一个力大无穷的人，我想和你做朋友。"布鲁对他说。

蚂蚁没有马上答应。布鲁见状，急忙说道："怎么了？难道你也想让施米克给我下个反制咒语吗？我不是故意不叫醒施米克的!"

蚂蚁开口大笑："不不不。你们俩的事情你们自己解决就好。"

"其实，如果有人真的想要见施米克的话，我从来不会真的阻挠他们。"布鲁悄悄地将秘密告诉了蚂蚁，"而且，就算和我打架的话，我也不会伤到任何人。这只是用来打发时间的。毕竟你看，施米克需要这么多时间睡觉，我总会觉得无聊吧？"

"为什么施米克需要睡那么多觉？"蚂蚁问他。

"因为他会做梦。"布鲁回答道。

"那他都会梦见什么呢？"蚂蚁继续追问。

布鲁说："他会梦见这个世界上即将发生的事情。"

尽管之前发生了那么多纠葛，但是蚂蚁还是挺喜欢布鲁先生的，所以他同意与布鲁做朋友。四位冒险家和两条龙一道，向施米克道谢后，就起身前往高堡的最高处。这里是很久以前莉布丝公主曾经

　　住过的地方，现在已经变成了一座公园。随着他们
慢慢向山顶走去，他们发现身旁尽是一望无际的绿
色草原和成片的树林。一切看上去都是那么平静。
施米克已经再次沉睡了，而布鲁先生已经不在他们
身边了。蚂蚁和布鲁之间的那场战斗好似从来没有
发生过，在这么怡人的环境下，似乎不会发生任何
不好的事情。然而，大象却觉得，这一切都太过平

静了，周遭的环境也太过安静了。她总觉得有什么
不对，浑身不舒服，于是就让大家都停了下来。

第六章

麻雀先生

他们在普舍美斯*和莉布丝公主的雕像边停了下来，站成了一个半圆形，都看着大象。

"怎么了？为什么停下？"金弟问道，"我们应该一直走到山顶。"

"我不知道，"大象痛苦地回答道，"我总感觉事情不应该这么简单才对。毕竟，莉布丝公主的孙女虽然是个淘气鬼，但是她也不傻。她怎么可能只是呆呆地

> **小贴士**
>
> 普舍美斯 莉布丝公主的丈夫。传说莉布丝公主做了个预知梦，自己爱上了一位穿着凉鞋正在锄地的农夫。第二天，她派下属跟着一匹马去寻找，果然找到了梦境里的农夫——普舍美斯。农夫与公主成婚并登上了王位。

站在那里，然后任凭我们对着她念咒语呢？"

"因为她不会知道我们想对她做什么的，在她明白我们要给她下咒语前，我们就已经成功了。"艾迪提对她说，"好了啦，大象。独眼猴已经变回原样了。我们马上就可以结束这一切，然后高高兴兴地回家啦！没什么好担心的。"

但是这番话并没有说动大象。"不行，"她坚持说，"我觉得不对。我们应该留有戒心，而不是像现在这样过分自信。况且，我们现在什么准备措施都没做。"

"那你觉得会发生什么呢？"蚂蚁问她。

"我说不清楚。"大象只是哀号道。她真的无法解释为什么自己会觉得浑身不自在。她总觉得一切都听上去太过简单了，世界上哪有这么顺心如意的事情，但她又不知道该如何开口。毕竟，这些思绪都太过模糊了，很难用言语解释清楚。

"好吧，"她下定了决心，说道，"我宣布，我，大象，现在要采取一些预防措施。"

"那你想做什么呢?"独眼猴问她。

"我打算,先穿上隐形斗篷,"大象坚定地说道,"要是真的有什么不测发生,我就可以成为一个别人看不见,但可以暗中帮助你们的人了。"

其他人看着她坚定的眼神,都选择迁就了她。于是独眼猴就爬上大象的背,把隐身斗篷从她背上的包里拿了出来。当她刚刚把隐身斗篷给大象披上的时候,麻雀突然出现了。

这只雪白的鸟儿轻巧地落在了莉布丝公主雕像伸出的手臂上,像往常一样摆出了一副高人一等的样子,眼睛向下轻扫了一圈,向他们发令道:"大家今早过得怎么样?需要帮助吗?如果有的话,也许我可以从我繁忙的事务间挤出一两分钟给你们。"

他居然主动出现了!艾迪提觉得这个机会真是最好不过了,都不用他们自己去找麻雀了。于是,她就拼命思考着该怎样接近他。想来想去,她决定还是要说些恭维的话,让麻雀放松警惕。

"噢!亲爱的麻雀先生,"她假装十分高兴地叫

道，"能够见到您真是太荣幸了！我想您最近过得挺
不错的吧？您的羽毛在今晨阳光的照耀下显得格外
亮丽动人！"

"真的吗？"麻雀用嘴梳理了一下羽毛，再抖了
抖，骄傲地挺起了胸脯。

"当然是真的！"艾迪提回答道。

艾迪提明明没有被下咒语呀！但是她居然能把
谎说得那么自然，独眼猴感到很诧异。她惊讶地盯
着艾迪提，但是也什么都没说，让艾迪提继续她的
计划。

艾迪提继续说道："但是麻雀先生，如果您不介
意的话，我想说，您尾巴的末端处有一点点灰尘，
这让您整身华美的羽毛都失去了光泽。"

"什么？在哪儿？"麻雀惊慌失措地叫道。他可
是只骄傲自负的鸟儿，从来都以他的羽毛为豪，根
本不能接受自己的羽毛上有灰尘这件事。他费力地
扭头看向自己的尾巴，想找到那粒灰尘，但是却怎
么也找不到。

“噢，那粒灰尘正好在您看不见的地方。”艾迪提假装好心地提醒道，“如果您不介意的话，我可以帮您把它掸下来。”

“那真是最好不过了。”麻雀轻声说了一句，挥挥翅膀，停在了艾迪提身旁。这下，麻雀就完全在艾迪提的触摸范围内了。

他转过身子，将尾巴朝向艾迪提，等着她帮他掸走灰尘。艾迪提却拿出了一把梳子——那是由施米克之前送她的三根毛发做成的，然后从口袋里拿出了粉色的荧光颜料涂在了刷子上。接着，她将颜料满满地刷在麻雀的身上。一瞬间，麻雀的尾巴，延伸到翅膀，都被刷上了带荧光的粉色颜料。紧接着，艾迪提口中振振有词：

“就让那只我所见过最自大的鸟儿，

永远只能梳理自己粉色的羽毛吧。”

说罢，麻雀就发现了端倪，他急忙回过头，却发现就连自己的翅膀都被刷成了亮眼的粉色！他惊

愕地厉声叫道："你在干什么！你这个讨人厌的女孩子！你看看你都做了什么？你就不怕我把你的所作所为如实汇报给莉布丝公主吗？"

"噢，我的天哪！噢，老天啊！噢，我的羽毛啊！"麻雀抖动着全身的羽毛，惊慌失措地四处往树叶上蹭，但是颜料就是蹭不掉。绝望的他飞到了一个水塘边，将自己泡在了里面，想要洗掉身上的颜料。他已经顾不上那水塘有多浑浊和冰冷了，然而，虽然搞得自己全身泥泞、浑身湿透，泥水下的荧光粉色还是透了出来。他的这番无助的举动让艾迪提有点开始心疼起了这只小鸟。

"听着，"她对麻雀说，"如果你之前没有这么自大，没有这么不爱帮助人的话，这一切也不会发生。但是你要知道，这一切是有办法解决的。"

"我根本不是一只自大的鸟！我也根本没有不爱帮助人！"麻雀怒吼道，"事实上，你是一个非常不懂得感激的女孩儿！我都已经把我知道的信息和地图都给你们了！算了，不管怎样，先告诉我解决办法!"

"你会变回一只普通的麻雀的，如果你能……"艾迪提开始说道。

"我想你知道的，我不是一只普通的麻雀，"麻雀打断她的话，"我是一只特别的麻雀!"

"如果你能，"艾迪提只是平淡地继续说道，"别把自己看得那么重，就像一只普通麻雀那样说话的话。"

"小姑娘，你居然敢说这种话，当心我把你的头砍下来!"麻雀气愤地扔下了这句话，就飞走了。

"你看看你都做了什么。"一个声音凭空出现。这是美丽的声音，她之前一直都穿着隐身斗篷。其他人还错愕地站在那儿，似乎还没有从眼前发生的事情中缓过神来，这一切都发生得太快了。

"明明是他自讨苦吃的。"艾迪提咕哝道，"难道你忘了他之前是多么不肯伸出援手吗？不管怎样，只要他开始醒悟了，粉色就会逐渐消失的。"

"那他会明白自己做错了吗？"蚂蚁觉得很困惑。

寻找施米克
xunzhao shimike

　　"我倒是害怕他会把这一切都汇报给莉布丝公主。"金弟含糊不清地说道。

　　"如果是这样，那就意味着，"欧珀顺着金弟的话说道，"我们就不可能趁莉布丝公主的淘气的孙女不备而给她下咒了。"

　　"没事儿，"独眼猴轻快地说，"我们就继续往前走吧，看看会发生什么。"

第七章

树叶

　　他们一行人有些忧心忡忡，心情没有之前那么愉快了，但还是继续往山顶上走。艾迪提心里有些过意不去，毕竟她给麻雀下了一个咒语，而麻雀看上去是那么无助。也许今后这个可怜的小东西永远就是粉色的了呢？当然，更有可能的是，麻雀回去后会提醒莉布丝公主的淘气的孙女加以防备，这样他们的计划就很难实施了。

　　终于，他们走到了悬崖的最高处。大家停了下来，环顾了一圈，他们的背后是一些栗子树，脚底的悬崖下方流淌着伏尔塔瓦河。莉布丝公主的淘气的孙女会来吗？欧珀和金弟站在悬崖的最顶端大声

地呼唤着她的名字。他们俩交替着，一遍一遍地喊着。但是，回应他们的只有风从树叶间吹过的声音，伏尔塔瓦河在脚底下悄无声息地流淌着，他们想见的人并没有出现。

他们只好围坐在栗子树下，一起开动脑筋，想想办法。大象把隐身斗篷脱了下来，她本来想跟艾迪提说"看你干的好事，现在小公主知道了我们的意图，都不出来了"，但是还是忍住没说。不一会儿，他们听到身后传来了窸窸窣窣的脚步声，回头一看，原来是布鲁先生。

"嗨，"他向他们打招呼，"你们看上去怎么不太开心呀，发生什么事了？"

"我们已经叫了莉布丝公主孙女的名字好久了，但她就是不出来。可能麻雀之前回去提醒过她了吧。"欧珀告诉他。

"噢，只是叫她的话，她是不会出来的。"布鲁提醒他们，"你们别忘了，她可是很淘气的，你们得把她引诱出来。"

"引诱？怎么引诱呢？"金弟急忙问道。

布鲁耸了耸肩："也许，告诉她你们手里有她想要的东西？"

"我想想，她会想要什么呢……"独眼猴喃喃自语。

"她会不会想要一袋花生？"大象提议道。毕竟，她最喜欢花生啦！

"或者一堆方糖？"蚂蚁也说道。

"不不不，这样想就错了。你们所说的都是你们
自己想要的东西，这样是没用的。你们得换位思
考，一个小女孩会想要什么。"布鲁对他们说。他转
向艾迪提说："你就是个小姑娘。如果有人想把你叫
出来的话，他们得说什么呢？"

艾迪提想了想，耸耸肩："他们得说'请你出
来'吧。"

"噢，这可没用，"布鲁嗔怪地说，"她明显不想
出来。你想想，如果是一个你不认识的人，或者你
不相信的人想叫你出来，他们一定要说什么？"

"我知道了！"大象喊道，"他们得说'救命！救
命！谁来救救我！'然后艾迪提就会冲过去帮助他们
了。"

"嗯……"布鲁思考了一会儿，"我觉得这可能
行不通。莉布丝公主的淘气的孙女可不是助人为乐
的那种人。"

"或许我们得给她准备一份礼物？"欧珀开口
说道。

"对，这可能行。"布鲁点头。随后问艾迪提："如果有人要送你礼物的话，你希望收到什么呢？"

艾迪提想了半天，也想不出什么特别想要的，但她总得说些什么，才好回答布鲁的问题。"一本百科全书？"她只能想到这一点。

"不不不。"其他人都摇摇头，完全不同意她的建议。唯一没摇头的是蚂蚁，他觉得这想法好极了。

"这么淘气的孙女才不会被一本百科全书引出来呢。再想想吧，有什么是她一定会喜欢的。"布鲁对

他们说。

"唔，如果有一面魔法镜，永远能把她照得很好看，她会喜欢吗？"大象又提议道。

"这主意不错，"布鲁若有所思，"你有这种东西吗？"

"好吧，没有。"大象回答道，"我们一定要有吗？就不能假装我们有吗？"

"她肯定想先看见礼物，才会靠近我们的。"布鲁对大象说，"而且只有她靠得足够近，独眼猴才有机会对她下咒语。"

"一条漂亮的长裙怎么样？"大象又说。

"可以啊，这主意也不错。你有吗？"布鲁问他。

大象遗憾地摇了摇头，蚂蚁却马上说："或许我可以用我的神奇黏土做一条？"

"它可以坚持多长时间？"布鲁问蚂蚁。

"几分钟，"蚂蚁回答道，"最多可能十五分钟吧。"

"噢，这可不行。"布鲁对他说，"这样太冒险了。要是她正在靠近的时候，长裙突然变回原样了怎么办？"

蚂蚁叹了口气。一边的欧珀和独眼猴之前一直都在打量着地上那明晃晃的秋叶。"我们也许可以试着用这些树叶做一条漂亮的长裙，"独眼猴提议道，"虽然它会比较脆弱，很容易坏，但是看上去很好看。"

"不错！这点子行！"布鲁兴奋地叫道，"反正，别人都说她穿同一条裙子的时间不会超过一天，而且同样的裙子也不会穿第二次。如果有条裙子是用秋天的叶子做的，我觉得会非常好看。"

说罢，四位冒险家和两条龙立马着手准备了起来。金弟和欧珀把地上的落叶都聚集在一起，顺便还收集了许多细枝和松针，这样就可以把树叶串起来了。大象则在一边把树叶按照颜色分成了四堆：红色、橙色、黄色和绿色。独眼猴、艾迪提和蚂蚁则忙着将树叶串在一起，要是手边的树叶用完了，大象就会递给他们相应颜色的树叶。布鲁先生也在

一边给大家加油打气，并在大家需要帮助的时候前去帮忙。

他们都奋力做着自己分内的工作，但是太阳渐渐下山了，他们还没有做完这条长裙。虽说秋天已经到来了，但大部分的叶子还是绿色的，这让他们头痛不已，因为这就意味着，他们在找金黄色的落叶上需要花很多时间。

"我真想不通，为什么我们要花这么大力气在莉布丝公主的孙女身上，"蚂蚁对独眼猴抱怨道，"或许我们根本就没能力给她上好人生的一课。我们为什么不回家呢？"

独眼猴有些同意他的话，但是也没说什么，只是继续串自己的叶子。布鲁则无意间听到了蚂蚁说的话。

"我们已经完成很大一部分了，马上就要做好了。"他为了激励大家，兴高采烈地对大家说，"天色已经晚了，你们就来我的小屋里吧。在那里休息一晚后，明早就可以继续开工，做完这条裙子了。"

　　这提议真是最好不过了，大家都十分感激布鲁先生。于是，一行人就回到了布鲁的小屋里。布鲁生了一堆火，然后张罗着给大家找吃的。

第八章

我们为什么要捉弄你呢

大家吃了点东西后，感觉好多了。他们围坐在篝火旁，低声聊着天，生怕吵醒了施米克。

"为什么施米克一直要睡觉呢？"蚂蚁问布鲁。

"我之前告诉过你了，"布鲁回答道，"他得做梦，梦见这个世界上即将发生的事情。"

"那他都做了好几百年的梦了，"蚂蚁又说，"就算发生再多事情，到现在也该梦完了吧？"

"不是，梦一直都会变。只要这世界上发生了任何风吹草动，梦就会变化。"布鲁对蚂蚁说。

"那我们把麻雀的羽毛变成荧光粉色的时候，梦也变了吗？"艾迪提问布鲁。

"可能吧，我觉得会变。"他回答。

"那我们这样做究竟是好事还是坏事呢？"独眼猴困惑地说。

"不知道，"布鲁有点困了，"你们觉得呢？"

但是话音刚落，角落里传来了轻微的鼾声，原来其他人都睡着了，今天他们都太累了。

第二天清晨，他们醒来后觉得全身舒爽。简单地吃过早饭后，他们就回到了高堡顶端，重新鼓足干劲，继续完成那条长裙。他们决定把绿叶也混在红色、黄色和橙色的叶子里，这样速度会快一些。

中午时，他们终于做完了这条裙子。布鲁给他们带来了一些吃的。等他们吃完后，布鲁把大象拉到一边，并在她耳边说了些悄悄话。大象立刻披上隐身斗篷，然后躲在了栗子树后面。

布鲁让艾迪提拿着那条裙子。"你就待在栗子树下，站在独眼猴旁边。"他对艾迪提说，"记住，在独眼猴成功对她下咒语之前，千万不能放手。"

"好的。"艾迪提回答道。于是她就和独眼猴在树下站着。

布鲁问独眼猴："你还记得咒语是什么吗？"独眼猴点了点头。

"好。"布鲁就像一位指挥部队的将军。他转向欧珀和金弟说："现在你们俩一定要站在悬崖的最顶端，大声叫出莉布丝公主的孙女的名字，告诉她你们有礼物给她。我觉得这样她就会来了。"

于是，欧珀和金弟就乖乖地站到了悬崖的最顶端，用吃奶的劲儿大声吼道："噢，莉布丝公主的小孙女，过来吧，看看这里。我们为您准备了一条金色长裙。"

他们一遍又一遍重复着这几句话。大概十分钟后，他们看见远方有一个模糊的人影向他们慢慢移动着。

"是她！她来了！"布鲁十分兴奋地叫着。"现在你要当心，"兴奋之余的布鲁不忘提醒艾迪提，"长裙在你手上，千万不要松手，一定要等到独眼猴成功对她下了咒语才行。"

于是，艾迪提抓紧了手中的长裙。欧珀和金弟则走到了一边，静静等着。当那个人影逐渐靠近的时候，他们看清了她，确实是莉布丝公主的淘气的孙女。当她距离他们还有六七米的时候，她突然停在半空中，不再向前移动了。

"我怎么知道你们没有捉弄我呢？"她高傲地询问他们。

独眼猴稍稍走近了一些，"我们是准备好好捉弄一下你"，她在心中默念，但抬头对空中的小公主说的是："我们为什么要捉弄你呢？"

"因为我之前给你下过咒语。"莉布丝公主的孙女回应道。

独眼猴听罢，耸耸肩。"那有什么关系？"她说，"那个咒语只让我学会了更自然地说谎话，有时候还有点用呢。"

莉布丝公主的孙女点点头。她觉得独眼猴说的话有点道理，于是又走近了一些。

"好吧，"她说，"那就让我看看你们为我准备了什么。"

艾迪提把手中那条用落叶做的裙子举了起来。红色、橙色和黄色的落叶在阳光下闪耀着金光，而绿叶将它们衬托得更加耀眼。

"把它扔过来！"莉布丝公主的孙女对她喊道。

艾迪提摇了摇头，说："它太脆弱了，你得自己过来拿。"

莉布丝公主的孙女还是对他们将信将疑，但是这条长裙真是太美了，她实在抵挡不了这种诱惑。于是，她慢慢地飘近他们。正当她将手放在了长裙上时，一阵狂风吹来，栗子树被吹得摇摇晃晃的，树上的栗子也纷纷掉了下来。但是独眼猴丝毫不在意这些掉下来的栗子，自顾自地背诵着施米克教给她的咒语：

"你之前给独眼猴下的咒语，

我在此加倍奉还。

除非别人先跟你说话，

你将不能主动开口。"

独眼猴的话音刚落，听到咒语的孙女厉声尖叫了起来。她双手用力拉扯着长裙，但是艾迪提也奋力抓紧它不让她抢走。正当她和艾迪提在互相争夺时，独眼猴试图伸手拍她的肩膀。就在独眼猴快要够到她肩膀的时候，突然，莉布丝公主的孙女十分用力地撕扯了一下长裙，脆弱的裙子从中间断成了两半。拎着半条裙子，她迅速飞走了，当大家还没反应过来的时候，她已经飞到了远方，变成了一个黑点。

几位冒险家和龙从刚刚激烈的争夺当中缓过神来。

　　"你成功拍到莉布丝公主的孙女的肩膀了吗?"蚂蚁问独眼猴。

　　独眼猴只是遗憾地摇摇头。"对不起,"她对大家说,"我尽力了。我其实只想拍一下她的肩膀,我觉得一个月已经够她受的了。但是艾迪提和她一直在来回争夺,等我快要够到她的肩膀的时候,她已经扯碎了长裙,然后飞走了。"独眼猴看上去垂头丧气的。

　　"噢,这样的话,我觉得这个咒语应该没法生效了。"蚂蚁忧郁地喃喃自语。

　　"没关系,"艾迪提说,"我觉得这不影响咒语生效。"

　　蚂蚁刚想说这肯定会有影响的,但是想了想还是没和艾迪提吵起来。

　　"非常抱歉,"独眼猴向大家道歉,"我让大家辛苦了这么久,但到头来却一无所获。"

　　"并不是一无所获哦!"布鲁倒是兴高采烈地说,"我之前就担心你们在争抢的过程中,没办法拍到她的肩膀。所以我和大象之前商量后,已经采取预防措施了。"

说完，大象就从之前被安排的栗子树后走了出来，用象鼻扯掉了身上的隐身斗篷。

"我做得对吗？"大象问布鲁。

"你做得棒极了！"布鲁回答她。说完，他转向大家说："你们还记得刚刚有一阵子，栗子一直从树上掉下来吗？那是因为大象一直在摇晃树干，好让独眼猴在念咒语的时候，树上有栗子掉下来，砸到莉布丝公主的孙女肩上。每砸到一下，就相当于被拍了一下肩膀。"

艾迪提、蚂蚁和两条龙都一脸惊讶地盯着布鲁。

"我猜，这咒语可能得持续无数个月了吧？"布鲁欢快地说。

"哦，那具体是多久呢？"蚂蚁小心翼翼地问道。

可惜，没人知道答案。

第九章

让我们问问施米克吧

在高堡的最高处，四位冒险家和三条龙围坐在一棵栗子树下，望着远处布拉格*密密麻麻的房顶。之前发生的一切似乎就是一转眼的事情，他们都需要一点时间缓缓神。

"传说，莉布丝公主曾经站在这里，并且预言这片土地上，会建造起一座雄伟的城市。"欧珀自言自语道。

"我们已经给麻雀和莉布丝公主的孙女好好上了一课了，我们现

> **小贴士**
>
> 布拉格　捷克的首都。相传，莉布丝公主曾预言："我看见了一座伟大的城市，它的荣耀能通达星空。"后来，她带领人民修建了布拉格城。

在是不是就能回家了？"大象有些迟疑地问大家。

"我们有给他们好好上了一课吗？"金弟低声说道，"我们到底给他们上了什么课呢？麻雀会一直保持粉色吗？还有那个孙女……"他的声音渐渐小了下来。

"我们甚至都不知道她身上的咒语会持续多久。"蚂蚁说，"这不太公平，不是吗？我们也根本没办法估算到底有多少颗栗子砸到她了。"说话的时候，蚂蚁的眼睛一直盯着散落在地上的栗子。

大象也看着那些栗子。莉布丝公主的孙女说不定会一直受咒语的控制，也许是好几个月，也许是好几年。想到这儿，大象情不自禁地说了声抱歉："我不应该这么用力地摇那棵树的。"

"这不是你的错。"布鲁听到大象自责后，安慰她道，"这都是我的计划。"

"没错，但是我也是共谋，我也参与实施了。"大象沮丧地说。

艾迪提和独眼猴看上去也有些沮丧。"如果你们

俩做错了的话，那大家都错了。"艾迪提说，"毕竟，好好给麻雀和莉布丝公主的小孙女上一课的点子是我们大家一起想出来的，也是大家都同意的。"

"没错，那我们到底有没有给他们好好上了一课呢？"独眼猴疑惑道。

"还有，我们是不是教训得太过了？"欧珀插了一句。

"没错，如果太过了的话，我们有什么补救措施吗？"金弟也说。

布鲁诧异地盯着他们。"这些问题我都回答不了，"他说，"让我们问问施米克吧。"

"好主意，我们走吧！"大家都同意布鲁的想法，于是就一同下山，回到了施米克睡觉的地方。

布鲁给大家泡了一些茶后，就跑去叫醒了施米克。没过几分钟，施米克出现了。只不过这一次，他不是一个人来的，旁边还有一个人。"在他身边的是莉布丝公主，"布鲁小声地对大家说，"她时不时会来看望施米克。"他们俩一边聊天，一边向大家走

来。他们俩看上去交谈甚欢，明显早就已经是老朋
友了。

走到空地上后，施米克友好地向大家打了招
呼，并且说："大家好，这位是莉布丝公主。我们有
什么可以帮你们的吗？"

莉布丝公主看着他们，露出了和蔼的笑容。几
位冒险家和两条龙感到有点奇怪，之前他们把麻雀
先生涂成了粉色，还给她淘气的孙女下了咒语，可
她看上去一点都不生气。或许是她还不知道这些
事？大家感到十分困惑。不过，大家觉得还是先向
她坦白比较好。

"事情是这样的，"独眼猴率先发声，对莉布丝
公主说，"您的孙女对我下了一个咒语。"

公主点了点头。"是的，我知道。我也很高兴施
米克可以帮你解除咒语。我的孙女确实太淘气了，
需要有人来纠正她的行为。"

"没错，我们也是这么想的。"独眼猴继续说，
稍微有点面露苦涩，"所以我们给她也下了一个咒

语——如果没人先对她说话，她就没办法主动开口。"

"噢，这就是为什么她刚才那么安静啊。我觉得这样对她挺好的。"莉布丝公主笑着说，"这咒语会持续多久？"

听到这句话，大象坐不住了，她无助地叫道："这就是问题所在！我之前摇栗子树摇得太用力了！"

"所以我们没办法估计到底有多少颗栗子砸到她了。"蚂蚁接着大象的话说。

"其实，"欧珀尝试解释，"独眼猴本来只想拍一下她的肩膀。"

"让大象去摇栗子树是我的主意，一切都是我的错。"布鲁插话道。

"哦对了，还有麻雀先生的事情。"金弟想起了麻雀先生，觉得还是一次性和盘托出比较好。

艾迪提接着说："我觉得，我可能给他刷了太多粉色颜料了。"

莉布丝公主看上去疑惑不解。"你们的意思是，麻雀现在变成荧光粉色了？"她问几位冒险家。

"没错。"艾迪提点了点头。

"怪不得最近这只小东西四处躲藏呢！"公主恍然大悟。

艾迪提又接着说："不过，要是他不再那么自大，并且学会助人为乐的话，他马上就能变回一只普通麻雀的样子了。"

"是我派他来帮助你们的。原来他什么忙都没帮上吗？"莉布丝公主问他们。

"没，"蚂蚁回答她，"他总是突然出现，又匆匆离开，说是有更重要的事情要做。"

"奇怪，可是我只给他安排过这一个任务啊。"莉布丝公主低声抱怨道。她转向布鲁先生说："请问，你可以马上帮我把麻雀先生和我那淘气的孙女叫来吗？"

然后，公主对独眼猴说："总而言之，事情的经过就是：我那淘气的孙女给你下了个咒语，你就不能说话了。然后你也对她下了个同样的咒语。对吧？"

"不是，"艾迪提对她说，"您孙女对独眼猴下的那个咒语会迫使独眼猴做她最讨厌做的事情。她本来最讨厌说谎了，所以那个咒语让她只能说谎话，要么就什么都不说。独眼猴之前也没做错什么，只是告诉您孙女不要打扰她冥想罢了。"

"啊，"莉布丝公主低声说道，"她告诉我的版本可不是这样。看来她的行为比我想的还要糟糕。真是不好意思啊，给你们造成了这么大的麻烦。"

"没事，"独眼猴回答她，"我身上的咒语已经解除了。但我们也感到十分抱歉。"

"为什么呢？"莉布丝公主问她。

"因为那些栗子，"大象回答莉布丝公主，"这也是我们来找施米克的原因。您也知道，如果没有人先对您孙女说话，她就没办法自己开口，而且这种情况持续的时间是由砸到她身上的栗子数量决定的。"

施米克问大象："那你们想要我做什么呢？"

"我们想请您告诉我们，到底有多少颗栗子砸到

了她身上。"蚂蚁说，"我们都觉得，我们对她的惩罚有点太过了。"

"同时，我们也想请您告诉我们，他们俩身上之后会发生什么。"大象继续着蚂蚁的话题，"因为布鲁先生之前告诉我们，您可以梦见这个世界上即将发生的事情，所以我们猜想您肯定知道的。"

"我明白了，"施米克说，"我先回答第一个问题吧。一共279颗栗子砸在了她身上。"

蚂蚁迅速地心算了一下，说："这也就意味着，在接下来的23年又3个月的时间内，她不能自己主动开口说话了。这也太久了！"

"那第二个问题呢？"独眼猴焦急地等着答案，"麻雀先生和莉布丝公主的孙女，之后怎么样了呢？"

"这我说不准，"施米克说，"他们的命运将由你们接下来所做的事情决定。"

第十章

谁赢了呢

没过多久，莉布丝公主的淘气的孙女和麻雀跟着布鲁先生回来了。麻雀的身上还是荧光粉色，他觉得自己难看极了，所以立刻飞到了莉布丝公主的肩上，想把自己藏到她的袍子的披肩底下。她的孙女则低垂着头，径直地走到了莉布丝公主身边，眼睛死死地盯着地面。

莉布丝公主把麻雀从她袍子上抓了下来，让他待在自己的手掌上。这只小鸟觉得自己受到了极大的羞辱，根本不知道该看向哪里，全身的粉色让他感到很不自在。

"好了，麻雀，"公主平和地说道，虽然她要说

的话其实很严厉，"你得告诉我实话。我之前告诉过你，你的主要职责就是帮助这些朋友，但你是不是总对他们说，你有更重要的事情要做，所以太忙了，无法帮助他们？"

"是的。"麻雀低着头喃喃道。

"你为什么这么做呢？"施米克轻声问道。

麻雀都快要哭了："我想让他们觉得，我是一个很重要的人。"

"你确实是一个很重要的人，你可以帮助我们！"艾迪提大喊道。她现在心里觉得这只小鸟太可怜了。

"你根本不需要假装成一个身份重要的人，或者一个非常忙碌的人啊，因为你对我们而言本来就是一个很重要的人。"金弟对他说。

"非常对不起，我把你涂成了粉色。"艾迪提先向麻雀道歉。

麻雀抬起头看着她。"真的吗？"他说，"其实我也非常抱歉，之前一点忙都没帮上。"

　　就在他说完这句话的时候，他身上的粉色突然开始一点点消失。没过多久，麻雀又变回了一只普通麻雀的样子，浑身长满了亮丽的棕色、灰色和黑色的羽毛。

　　"哦！你不再是粉色的了！"大象惊呼。

　　"这些只是有颜色的粉末，"麻雀不是很自信地含糊不清地说，"为了让我看上去聪明一点。"

　　"但是你看上去本来就很聪明了，"大象告诉麻雀，"还很英俊。"

这话让麻雀感到高兴极了，他飞到了空中，然后停在了大象的左耳后面。

莉布丝公主笑了笑。"看来麻雀的事情已经解决了。你的呢？"她低头看着自己的孙女，"你有什么想为自己辩解的吗？为什么当时你要对独眼猴下咒语呢？"

"因为她不肯跟我说话。"孙女低着头，含糊不清地说。

"你觉得，别人要是不做你想让他们做的事情，你就可以随意给他们下咒语吗？"莉布丝公主问她，声音里满是严厉。

"不行。"孙女低声说道。

"那是不是应该惩罚你呢？"公主继续说。

"不应该！"她的孙女怒吼道，"不管怎么说，我可是你的孙女啊！臣民都应该做我命令他们做的事情！"

莉布丝公主深深地叹了一口气。显然，她的孙女还需要好好地上一课。莉布丝公主转过身对独眼

100

猴说："我替她向你道歉。她真是被宠坏了，我们该拿她怎么办呢？"

独眼猴不知道说什么好。"我觉得，肯定不用惩罚她23年又3个月吧。"她对公主说。

"那我们应该原谅她，一点儿都不惩罚吗？"大象问。

"我倒是不介意原谅她。"欧珀插话道，"如果独眼猴觉得我们应该原谅她的话，那就原谅呗。但是，如果她一直不肯说'抱歉'两个字，我们怎么能原谅她呢？"

"而且不管怎么说，她总不能继续到处游荡，遇到不顺心的人就肆意下咒语吧？"金弟也说道。

"她一点儿都不友善。"蚂蚁打断了他们的话。

"而且，还把独眼猴搞得那么痛苦。"艾迪提接着蚂蚁的话说。

就在大家商量着对策的时候，莉布丝公主的孙女一直扭动着身子，双脚来回踱步。她很想为自己辩解，但是他们几个人都没对她说话，只是在谈论

她的事情，所以没法开口。大伙儿都看着独眼猴，等着她来决定这个咒语该持续多久。

独眼猴转向施米克："你能帮我决定咒语该持续多久吗？"

施米克摇了摇头说："不，这事必须由你自己来决定。"

"咒语也许不用持续279个月那么久，改成279天好了。"蚂蚁提议，"毕竟，她看上去还要很久才能主动改正自己的行为。"

"不，"独眼猴说，"我本来只想拍一下她的肩，所以就让咒语持续一个月吧。但前提是，每天晚上她都要花半个小时坐在莉布丝公主身边，听听大家是怎么向公主汇报她一天的行为的。"

孙女听了这话，皱起了眉头表示不满，一旁的施米克却露出了微笑。

"这样可以吗？"独眼猴问施米克。

"我觉得可以。"他缓缓地对她说。

"我也觉得可以，"莉布丝公主附和道，"只不过

我感觉，要纠正她的行为还需要很长一段时间。麻雀，你的新职责就是每天晚上带一些人来我这里，确保他们能够如实向我汇报我孙女在一天中的行为。"

"你能胜任这份工作吗？"她问麻雀。

"我一定按照您的指令完成。"麻雀回答。

随后，莉布丝公主带着她的孙女和麻雀走了。至此，四位冒险家和两条龙谢过了施米克和布鲁，向他们告别。"记得回来哦！"施米克和布鲁先生在他们的身后叫道。

"我们会的！"大伙儿响亮地回答。

第二天，他们就启程回家了。欧珀载着艾迪提和蚂蚁，大象和独眼猴则坐在金弟背上的象轿里。他们翱翔在布拉格的上空，低头看着这座美丽的城市。大象皱着眉头，突然开口说道："这次的冒险好奇怪，我都不知道谁赢了。"

"我们赢了。"金弟抬起头说，"不管怎么说，我们把独眼猴身上的咒语解除了，不是吗？"

"话是这么说，但麻雀先生也解除了自己身上的咒语，莉布丝公主的那位淘气的孙女总有一天也会的。"大象反驳道。

"没关系呀，"欧珀飞到他们旁边，"这就是所谓的皆大欢喜。"

"嗯，皆大欢喜……"大象独自重复道。看着身下流淌的伏尔塔瓦河，大象觉得，能够顺利解决这一路上遇到的困难，真是最好不过了！

导读

开启纯真和友谊的成长传奇

　　冒险不是男孩的专利，多少女孩也幻想过舞剑、屠龙、斗智。"艾迪提心灵成长历险记"系列故事的主角是一位女孩——艾迪提，她和一群动物伙伴完成了一连串冒险任务。他们为每一次旅程做了详细缜密的计划和充足的准备，学习体谅，学习合作，也学习跳出传统思维的囚笼，去看待不同物种、文化与环境。原著自2000年以后陆续出版，持续至今，被印度中等教育中央委员会认定为"校园推荐读物"，受到了广大小读者的喜爱和追捧。

　　作者苏妮缇·南西是一位作家兼诗人，目前居住在英国德文郡。她生长于印度、生活于英美，这

给予她多元的文化体验。

　　苏妮缇1941年出生于孟买，父母在她很小的时候就去了国外，童年时期的她与外祖母一起生活。她的外祖母一家是婆罗门种姓，属于当地的贵族，这给苏妮缇的教育和生活提供了优越的条件。她幼时就读于当地的一所美国教会学校，而后在以"注重人与自然的交流、精神的成长"著称的瑞希山谷学校接受了中等教育；此后赴美留学，在密苏里大学哥伦比亚分校攻读公共管理硕士学位，在加拿大麦吉尔大学攻读文学博士学位，毕业后任教于多伦多大学。1987年之后，苏妮缇开始全职写作，并定居英国德文郡，创作了寓言、童话、诗歌、小说等形式多样的作品。

　　在西方和印度的生活经历使苏妮缇的童话作品有了跨文化的背景：印度的文化传统给予她强大的虚构能力——印度是一个盛产故事的国家，季羡林先生曾经说，世界上有三分之一的故事老家都在印度；西方的学习和工作经历培养了她热爱自然、艺术以及自由的思想。苏妮缇自己说："我属于印度，也属于西方。"

但是，于西方来讲，苏妮缇是一位流散作家；于印度来讲，苏妮缇甚至不能用家乡的马拉提语读和写。可是，正是这种身份的模糊，成就了苏妮缇作品的丰富性，我们在她的作品里，随处可以感受到超越时间和空间的思索。

"艾迪提心灵成长历险记"系列故事起初是苏妮缇为远在印度的侄女艾迪提写的。"我其实不是一位真正的儿童文学作家。很久以前的80年代，我从英国给印度的孩子寄书，发现它们都是关于基督教的，人物也是盎格鲁-撒克逊人的名字，'这些书有我们印度人在里面吗？'孩子们问。所以，我为侄女艾迪提写了第一本书。我没有想出版它们。"可正是

这本无心出版的《龙爪下的勇气之战》（"艾迪提心灵成长历险记"之一）后来成为作者最著名的系列故事的开端。

《龙爪下的勇气之战》在印度出版后，苏妮缇把它带到了英国，伦敦蓝门地中学的孩子读了爱不释手，殷切渴望艾迪提与她的朋友们可以造访伦敦，于是就有了她写给孩童的《来自伦敦的求救信》里的故事，之后又继续创作了此系列的精彩续集。

系列故事是这样开始的：巨龙金弟喜欢吸食雨露，导致晒伤王国遭逢干旱、民不聊生。国王和王后请求它离开，它答应了，条件是小公主艾迪提去他那里陪他。勇敢的艾迪提为了拯救晒伤王国，决定前去履行与龙的协议；独眼猴、大象、蚂蚁这三位动物朋友在梦和先知的指引下，成为她的忠实伙伴。他们带着隐形斗篷、勇气之剑和神奇黏土，相偕踏上冒险之路。最后，众人团结一心，用智谋大

败巨龙，还和龙成为朋友。(《龙爪下的勇气之战》)

艾迪提冒险战队成名以后，收到了来自伦敦的求救信：泰晤士河水位暴涨，河边的村庄和学校危在旦夕。冒险家们调查的结论发人深省：由于人类对河水的长期污染，泰晤士河龙欧珀慢性中毒，一不舒服就甩尾巴，造成河水泛滥。经历各种磨难后，他们拯救了泰晤士河与河龙欧珀。(《来自伦敦的求救信》)

随后，艾迪提冒险战队又应邀搭乘"思绪潜水艇"，前往澳洲外海深处，帮助海圣女学会了用肺呼吸。在这过程中，大象找到了她的名字，独眼猴找到了所需的药物，大家都学到了要怎样追求本真的自我。(《海上奇遇》)

接下来，艾迪提冒险战队的任务是送信给住在加拿大的岩湖的科技圣女，在这次旅途中，冒险家

们机智地突破小岛上牢固的防护罩，耐心地与乖戾的太阳鱼谈判，让海圣女、岛圣女、科技圣女三姐妹得以团聚。(《神奇飞垫的困局》)

《智胜火山巨魔》讲的是，巨龙金弟失踪了，在寻找金弟的途中，冒险家们遇到了无所不知的女巫，看到了不可思议的魔镜，在战胜一发脾气就会引起地震和火山爆发的意大利维苏威火山巨魔后，顺利救出了被困在洞中的金弟。

《遇见格伦德尔》发生在英国德文郡的海边，住在那里的小男孩格伦德尔夜晚出来四处游荡吓唬别人，到了白天就不记得发生过的任何事情了。冒险家们了解到这个怪病的原因是格伦德尔不愿长大，便想出了一条妙计，终于让格伦德尔领会到成长的美好。

《拯救百变小精灵》将场景移到匈牙利布达佩斯，百变小精灵从居住在鞋子里的老女人手中救出了大象，这位救人英雄厌倦自己"会随着别人看法的不同而改变自己的形象"这种百变的生活，在与冒险家们相依相伴的过程中，孤独的小精灵收获了友谊，并找到了真正的自我。

《寻找施米克》则发生在捷克的布拉格，独眼猴被莉布丝公主的调皮的小孙女施了咒语，只有白马施米克能够帮助解除。冒险家们战胜蓝龙布鲁，找到施米克并对小公主下了反制咒语，让小公主学会了尊重别人。

……

系列故事以敏锐、幽默的笔触，带领孩子们领略世界的各个不同地方，每一个故事都融入了当地的传统文化元素，情节生动，由小见大，富有戏剧性，并赋予日常生活以新的深意，散发着持久的魅力。书中的每一个人物（动物）主角都有自己的角色特征与意义，借由虚构的想象，把读者带往"真

实"的情境去思维，让童真的奇幻故事，引导孩童培养宽阔的心胸与学习的毅力和态度。

在这一连串遍及欧、美、澳、亚的冒险历程中，朋友间不免有意见相左、争执不休的状况，还有各自的秘密与烦恼，但是朋友间肝胆相照的义气，让他们的冒险一路上充满温情与体贴。在作者的营造下，书中的角色仿佛是寂寞、渴望朋友相伴的现代的独生子女，更衬出成长路上朋友的重要以及友谊的珍贵。

需要注意的是，"艾迪提心灵成长历险记"系列故事中多次出现龙，中国和西方对"龙"的意象认识有非常大的差异：在中国，龙具有神秘的色彩，代表着正义的神的形象；在西方，龙虽然拥有强大的力量及魔法能力，却常被认为是邪恶的化身。中国人认为龙象征吉祥，毫无贬义，汉语中"望子成龙"就是指家长希望孩子长大后能有所成就；而在西方人看来，龙象征邪恶，是魔鬼的化身，具有贬义色彩。

苏妮缇在这一系列故事中，颠覆了西方和印度的主流价值观，把本应对立的妖魔演绎成最终惺惺相惜的朋友，英雄也由男性变成了女性，呼应了她女性主义、否定二元对立的立场。（1981年，苏妮缇出版了《女性主义寓言》一书，理性冷峻地否定二元对立关系。比如，安徒生塑造的丑小鸭和白天鹅暗含等级差别的二元对立关系，她在书中提问：如果丑小鸭都变成白天鹅，鸭子还有没有存在的价值？她的这部作品被认为是女性主义经典之作。）

旅行作家陈念萱认为"艾迪提心灵成长历险记"是一套现代的《爱丽丝漫游奇境记》："艾迪提冒险故事的系列发展，刚好从人生不同的角度，去诠释了纯真孩童的视野……将成为印度人的爱丽丝化身，赋予不同风味的慈悲与智慧历险之旅。"

但从故事架构、情节发展、叙事方式来看，这一系列故事相比于《爱丽丝漫游奇境记》，它们更接近于《绿野仙踪》。《爱丽丝漫游奇境记》被看作是"19世纪英国荒诞文学的高峰"，情节荒唐，对白荒诞，以极度张扬的想象力和幽默构成其独特魅力，也就是说，主角们用了人类以外的脑袋在思维；"艾迪提心灵成长历险记"中的人物和动物高扬爱的哲学，阐述友谊、纯真、毅力、勇气、信任，显然借用了人类的美好脑袋在思维。

《绿野仙踪》被誉为"美国的《西游记》"：小女孩多萝茜和她的小狗托托，结识了稻草人、铁皮人和小胆狮，历经磨难，依靠魔法的力量回到家。在旅行中，不仅多萝茜成长了，她的朋友们同样也获得了期望的品质。《西游记》就无须赘言，魔幻现实主义开篇之作，唐僧带着三徒弟，降魔伏妖取真经。

艾迪提系列故事和《绿野仙踪》《西游记》一

样，由一个人和几个动物组成团队，带着具有魔法的宝器，但实际上战胜妖魔凭的不是宝器，而是意志和信念。

从儿童文学的角度来看，艾迪提系列故事和《绿野仙踪》《西游记》《爱丽丝漫游奇境记》一样，都是典型的儿童成长小说，提倡惩恶扬善、助人为乐。与后三本不同的是，艾迪提系列故事更注重用内心的本真看待世间万物，每一本书都带着一个爱的哲学的主题，也因此受到印度中等教育中央委员会的推荐。

孩子脑中的世界，远远超出我们的想象，兴许在不久的将来，艾迪提还会来到我们中国呢！

艾迪提系列图书
下辑预告

《狮城告急》

传说，若狮城陷入危难，狮子王子会及时出现，帮助狮城转危为安，但狮子王子失踪已久。一天，幼狮卫儿收到一封来自狮城的紧急求助邮件，难道卫儿就是狮子王子？卫儿自己也半信半疑，但还是和艾迪提战队的小伙伴们一起迅速赶往狮城。他们发现，让这座城市落难的恰恰是两个傲慢古怪、争强好斗的护城人，一个是年迈的狮子先生，另一个是居住在海底的老妇人。

在第三辑的第一个故事中，艾迪提和她的小伙伴们来到了狮城新加坡，面临的挑战依然严峻：怎么才能让这两个狂妄自大的护城人意识到，他们自身才是危险的根源？

《吃字的怪物》

危险！这是邮差蝴蝶的翅膀上显现出来的文字。有一个吃字的怪物到处游荡，所有滑过他耳边的词语都会被他一把抓取，瞬间从世界上彻底消失。原来这个吃字的怪物是一个名叫奥托的小男孩，他是格伦德尔的表兄，有超强的脑力，在这方面只有智慧过人的独眼猴可以和他匹敌。

为了避免奥托制造更多的麻烦，艾迪提冒险战队的小伙伴们来到龙城香港，与奥托和他的同伴——一队乌鸦展开了惊心动魄的较量。作者在书中提出了一个耐人寻味的问题：事物是因为有了名字才存在的吗？

《来自宇宙的呼救》

一贯理性务实的蚂蚁序号突然一反常态，整晚整晚地仰望星空，喃喃自语，问他话也不搭理……大象美丽对此迷惑不解：难道序号恋爱了吗？当美丽得知，序号计划建造一架宇宙飞船飞往木星的一颗卫星，以回应来自宇宙的悲伤呼救时，她更是吃惊不已。

尽管美丽疑虑重重，但冒险战队的小伙伴们还是借助抗重力垫，在三位圣女的合力支持下，勇敢坚定地向宇宙进发了。是谁向序号发出呼救？冒险家们真的能成功实施营救吗？

作者苏妮媞·南西本人就是一位科幻迷，本书情节跌宕、文笔优美，很能启发小读者的智慧。

《网络空间大逃亡》

艾迪提和朋友们的悠闲假期因为小埃的出现戛然而止。小埃向大象美丽寻求庇护，请求冒险家们帮她摆脱一位科学家的紧密追踪。令人诧异的是，小埃竟是从这位科学家的电脑里逃出来的！在了解了来龙去脉后，热情善良的冒险家们决定帮助小埃彻底逃离网络空间，让她真正获得自由。

故事新奇跌宕，冒险家们甚至差点被抓进监狱！但大象美丽和小埃也正是在这场惊心动魄的经历中脱胎换骨，最终成长为更好的自己。这是一个引人深思的故事，作者苏妮媞·南西借此与读者探讨网络与现实的关系，并由此提出新的疑问——电脑有灵魂吗？它的"更新"是否就是一种"成长"？

致小读者

亲爱的小读者，

　　看了艾迪提与朋友们的故事之后，你有一些什么样的感悟？你最欣赏他们中的哪一个？是善良的巨龙、勇敢的艾迪提、沉着冷静的独眼猴、美丽的大象，还是拥有巨大力量的蚂蚁？你最希望拥有哪一件秘密武器？你愿意和他们做朋友吗？

　　四位冒险家常常在不同国家游历，如果他们来到你的家乡，又会展开一个什么样的故事呢？和他们一起冒险，那该多有趣！或者，你只是想和他们分享你对生活的体悟，就像和朋友谈心，说说成长的烦恼，那他们也一定会真诚倾听。

　　我们期待看到你的奇思妙想，四位冒险家也在期待着能与你们成为朋友。小读者们，请把你的想法告诉我们吧！你的好主意有可能会被收录在下一册"艾迪提心灵成长历险记"哦！我们的邮箱是：aiditi2017@126.com。

编者

2019 年 6 月

图书在版编目（CIP）数据

寻找施米克 / （英）苏妮缇·南西著；沈昀潞译.
—杭州 ：浙江人民出版社，2019.6
（艾迪提心灵成长历险记）
书名原文：Aditi and Her Friends in Search of Shemeek
ISBN 978-7-213-09116-2

Ⅰ. ①寻… Ⅱ. ①苏… ②沈… Ⅲ. ①童话-英国-
现代 Ⅳ. ①I561.88

中国版本图书馆 CIP 数据核字（2018）第 297441 号

浙江省版权局
著作权合同登记章
图字：11-2018-102

Aditi and Her Friends in Search of Shemeek
© text Suniti Namjoshi
© illustrations Tulika Publishers
First published in India by Tulika Publishers, Chennai, India in 2008.
The simplified Chinese translation rights arranged through Rightol Media.
（本书中文简体版权经由锐拓传媒取得）

寻找施米克

[英]苏妮缇·南西　著
沈昀潞　译

出版发行：浙江人民出版社（杭州市体育场路347号　邮编　310006）
　　　　　市场部电话：(0571)85061682　85176516
责任编辑：毛江良
责任校对：陈　春
责任印务：刘彭年
封面设计：厉　琳
电脑制版：杭州兴邦电子印务有限公司
印　　刷：浙江超能印业有限公司
开　　本：880毫米×1230毫米　1/32　　印　　张：4.25
字　　数：54千字　　　　　　　　　　　印　　数：1—5000
版　　次：2019年6月第1版　　　　　　 印　　次：2019年6月第1次印刷
书　　号：ISBN 978-7-213-09116-2
定　　价：18.00元